Traducido por Edelvives

Título original: *Karel krijgt een hondje*
© Editorial Clavis Uitgeverij, Hasselt-Amsterdam, 2012
© De esta edición: Grupo Editorial Luis Vives, 2015

ISBN: 978-84-263-9366-1
Depósito legal: Z 1690-2014

Impreso en Italia.

NACHO TIENE UN PERRITO

Liesbet Slegers

EDELVIVES

HOLA, ME LLAMO NACHO.
VOY A TENER UN PERRITO.
¡QUÉ ILUSIÓN!
TODAVÍA ESTÁ CON SU MADRE,
PERO CUANDO SEA MAYOR
PODRÁ VENIR CON NOSOTROS.
¡SOLO TENGO QUE ESPERAR
UN POCO MÁS PARA JUGAR CON ÉL!

MAMÁ Y YO COMPRAMOS
COSAS PARA EL CACHORRITO.
NECESITA UNA CESTA PARA DORMIR
Y COMIDA PARA PERROS,
UN CUENCO PARA SU COMIDA
Y OTRO PARA EL AGUA,
UN COLLAR Y UNA CORREA
PARA PASEAR... Y MUCHOS JUGUETES.

¡POR FIN LLEGÓ EL DÍA!
RECOGEMOS AL PERRITO
EN CASA DE SU MAMÁ.
ES EL MÁS LINDO DE TODOS.
TIENE EL HOCICO NEGRO
Y EL PELO MUY SUAVE.
MAMÁ ME DIJO QUE PODÍA ELEGIR
SU NOMBRE: ¡SE LLAMARÁ RUFO!

DE VUELTA EN CASA, RUFO
OLFATEA TODOS LOS RINCONES.
AQUÍ HUELE DIFERENTE
QUE EN CASA DE SU MADRE.
RUFO ES MUY CURIOSO
Y QUIERE APRENDERLO TODO.
YO LO ACARICIO Y LE HABLO
PARA CONOCERNOS MEJOR.

HOY LLEVAMOS A RUFO
AL VETERINARIO PARA ASEGURARNOS
DE QUE ESTÁ SANO.
—QUÉ PERRITO MÁS BUENO, NACHO
—DICE EL VETERINARIO.
LUEGO NOS ENSEÑA
CÓMO DEBEMOS CUIDARLO.
CUANDO HEMOS TERMINADO,
NOS VAMOS A CASA OTRA VEZ.

¡OH! RUFO SE HA HECHO
SU PRIMER PIPÍ EN EL SUELO
Y NO EN EL PERIÓDICO.
AÚN NO SABE HACERLO BIEN
PERO VAMOS A ENSEÑARLE.
—¡TÚ, TRAVIESO, A PARTIR DE AHORA
TENDRÁS QUE SALIR A LA CALLE
PARA HACER PIS!

RUFO Y YO JUGAMOS EN EL JARDÍN.
HACE COSAS COMO LADRAR
Y SALTAR SOBRE SUS PATAS.
LE GUSTA JUGAR CON EL PALO.
SI LO TIRO, RUFO CORRE POR ÉL.
LO RECOGE CON LA BOCA
Y ME LO TRAE DE VUELTA.
¡NO SE CANSA NUNCA!

¡HORA DE CENAR, RUFO!
CUANDO OYE QUE ECHAMOS
SU COMIDA EN EL CUENCO,
SE PONE MUY CONTENTO
¡Y SE LO COME TODO!
DESPUÉS BEBE MUCHA AGUA.
MIENTRAS, LE DEJO SOLO:
EL VETERINARIO DIJO QUE PREFIEREN
COMER TRANQUILOS.

LLEVAMOS A RUFO AL ADIESTRADOR
PARA QUE APRENDA TRUCOS.
TAMBIÉN LE ENSEÑAN A ENTENDER
Y OBEDECER ÓRDENES.
RUFO ESCUCHA A MAMÁ Y A PAPÁ.
A VECES ME HACE CASO A MÍ.
MAMÁ Y PAPÁ ME DEJAN SUJETAR
LA CORREA MIENTRAS CAMINAMOS.

—RUFO, ¿ME DAS LA PATITA?
¡OH, QUÉ PERRO MÁS LISTO!
MIRA, TE HE TRAÍDO UNA GALLETA.
¡BUEN CHICO!
VEN, QUIERO DARTE UN ABRAZO.

CUANDO RUFO SE ENSUCIA,
LO BAÑAMOS, Y SI HACE BUENO
PONEMOS LA BAÑERA EN EL JARDÍN.
USAMOS UN CHAMPÚ ESPECIAL
PARA PERROS Y LO LAVAMOS
DE LAS OREJAS A LAS PATAS.
¡ESTÁ TAN GRACIOSO
LLENO DE BURBUJAS!

AHORA RUFO ESTÁ LIMPIO
OTRA VEZ. ¡QUÉ BIEN HUELE!
ME ENCANTA CUIDAR DE RUFO
Y A ÉL LE GUSTA JUGAR CONMIGO.
¡RUFO ES MI PERRO
Y MI MEJOR AMIGO!

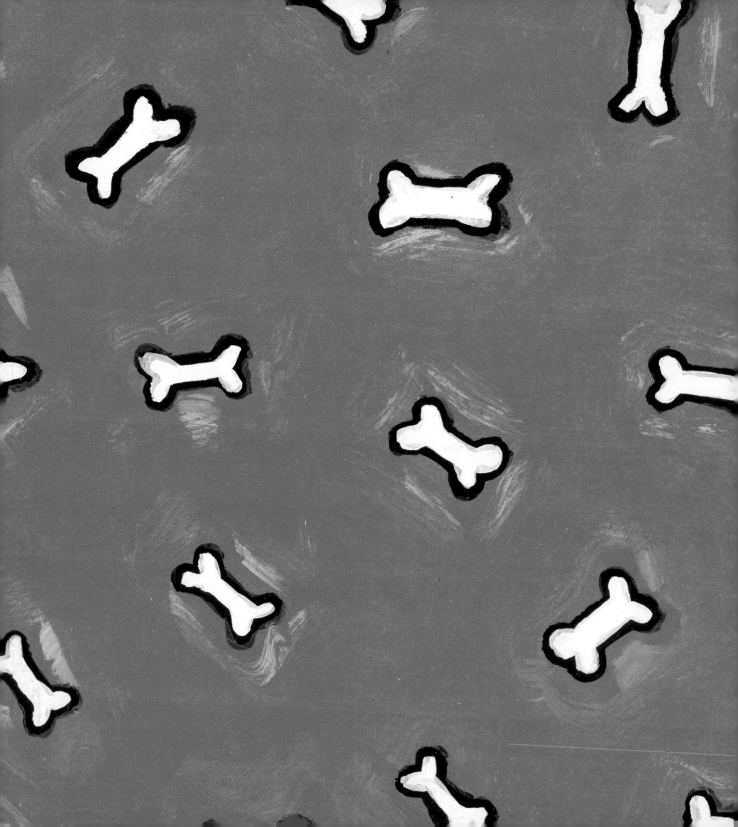